Trino
El mundial de Trino

MARK TWAIN
33090015006101   08/16

EL MUNDIAL DE

TRINO.

TUSQUETS
EDITORES

© 2014, José Trinidad Camacho Orozco, Trino

© 2014, Andrés Bustamante por el texto de contraportada

Diagramación, color y diseño de la portada: Gavo Casillas

Reservados todos los derechos de esta edición para:
© 2014, Tusquets Editores México, S.A. de C.V.
Avenida Presidente Masarik núm. 111, 2o. piso
Colonia Chapultepec Morales
C.P. 11570, México, D.F.

1.ª edición: marzo de 2014

ISBN: 978-607-421-516-8

Impreso en los talleres de Impresora y Editora Infagon, S.A. de C.V.
Escibilla núm. 3, colonia Paseos de Churubusco, México, D.F.
Impreso y hecho en México – *Printed and made in Mexico*

Para El Chino, Dr. Alejandro Camacho,
buen cañonero, rompedor de ventanas con el balón
y sobre todo gran hermano

Y AQUÍ VEMOS AL CAPITÁN DEL EQUIPO DEL **MAJESTY'S SECRET SERVICE**, SEAN CONNERY, Y AL CAPITÁN DEL EQUIPO DE **VICTORIA'S BECKHAM SECRETS** DARSE LA MANO ANTES DEL PARTIDO...

AL PARECER EL JUGADOR 007 DEL EQUIPO DE LOS **BOND'S** SE DUELE DE UNA DURA ENTRADA, PERO YA ENTRÓ EL AGUADOR DEL EQUIPO, ESPEREMOS QUE EL JUGADOR **BROSNAN** PUEDA CONTINUAR...

UN MUNDIAL SIN ITALIANOS ES COMO UNA PASARELA SIN MODELOS

TWITTER VS FACEBOOK

El ventrílocuo era malísimo, pero su muñeco todo un goleador

¡GOOOOL!

ESTE ES UN MOMENTO DE ENORME TENSIÓN, NO PUEDE FALLAR EL PENAL

ES UN JUGADOR FRÍO... NUNCA FALLA UN PENAL... ¡LO FALLÓ! ¡Y DE QUÉ FORMA! ¡PÉSIMO TIRO!

VEAMOS EN LA PÁGINA DE FACEBOOK DEL JUGADOR... ¡LE PUSIERON PUROS LIKES...!

...Y TODOS SON LIKES DE LA MAFIA RUSA

35

42

GOL!

50

GOL!

57

LOS INGLESES INVENTARON EL FUTBOL, ¡PERO SU LOOK ES DE UNA SPICE GIRL!
TRINO

Panel 1: ¡UF! Si yo fuera el director técnico de la selección de futbol ¿sabes qué haría?

Panel 2: A ver... Alto ¿sabes qué haría? / ¿Qué?

Panel 3: ¡Mandaba al diablo a los directivos, a los promotores, a los agentes! / ¡Pero tú eres el DT de la selección!

Panel 4: Sí pues... digo que si yo la dirigiera realmente... y tú serías mi asesor técnico / ¡Lo soy!

TRINO

Panel 1: ¿Usted le tiene amor a su camiseta? / ¡Claro! sobre todo porque es marca "Pilón"

Panel 2: ¡Qué gran gol! ¿A quién se lo dedica? / A mis zapatos "Golazo"

Panel 3: ¡Wow! Salió de las regaderas, ¡qué bien huele! / Porque uso colonia "Muzart"

Panel 4: Sabemos que está en la habitación del hotel con una chica, ¿qué protección usa? / "Dura-Dura" / Buenos mientras dura dura... ¡basta! ¿no?

TRINO

61

69

¡Y LA SELECCIÓN URUGUAYA LE ESTÁ ENTRANDO CON SAÑA AL EQUIPO RIVAL! ¡QUÉ DURA ENTRADA! ¡LO BUENO ES QUE LA SELECCIÓN DE LOS CRASH TEST DUMMIES RESISTE TODO!

CUENTA LA LEYENDA QUE DONDE VIERAN A UN ÁGUILA DOMINANDO UN BALÓN SOBRE UN NOPAL Y JUNTO A UNA SERPIENTE, AHÍ MISMO FUNDARÍAN EL PRIMER ESTADIO DE FUTBOL

TRINO

TRINO

74

93